Princes et princesses

Daprès l'épisode
écrit par Craig Gerber

Adapté par Jill Baer

Illustré par
Character Building Studio et
l'équipe de Disney Storybook

© 2014 Les Publications Modus Vivendi inc. pour l'édition française.
© 2014 Disney Enterprises, Inc. Tous droits réservés.

Publié par Presses Aventure, une division de **Les Publications Modus Vivendi inc.**
55, rue Jean-Talon Ouest, 2ᵉ étage, Montréal (Québec) H2R 2W8 CANADA
www.groupemodus.com

Éditeur : Marc Alain
Traductrice : Emie Vallée

Publié pour la première fois en 2014 par Disney Press sous le titre original *Just One of the Princes!*

Dépôt légal — Bibliothèque et Archives nationales du Québec, 2014
Dépôt légal — Bibliothèque et Archives Canada, 2014

ISBN 978-2-89660-903-1

Nous reconnaissons l'aide financière du gouvernement du Canada par l'entremise du Fonds du livre du Canada pour nos activités d'édition.

Gouvernement du Québec — Programme de crédit d'impôt pour l'édition de livres — Gestion SODEC

Imprimé en Chine

La trompette retentit.
Le derby volant du royaume
commence!

« À l'Académie royale,
nous avons une équipe
de derby volant », dit James.

Sofia se rend à l'écurie de l'Académie.
Elle va voir l'entraîneur.

«Je veux être candidate pour
être dans l'équipe», dit Sofia.

Tout le monde est surpris.
«C'est pour les princes!» dit Hugo.
«Pas pour les princesses!»
dit Ambre.

Sofia est triste.

«Je veux faire partie de l'équipe, dit-elle.

Mais c'est réservé aux garçons.»

Les amis de Sofia l'encouragent.
«Vous avez raison, dit-elle.
Une princesse peut faire des activités
de princes!»

Sofia va à l'écurie.
« Je viens m'entraîner », dit-elle.
« Il ne reste qu'un seul cheval volant »,
répond l'entraîneur.

Le dernier cheval est très petit.
Il s'appelle Minimus.

«Je le trouve parfait!» dit Sofia.

L'entraînement commence.
Les princes montent sur
leurs chevaux volants.

Ils s'envolent dans les nuages,
parmi les oiseaux.

Sofia essaie de grimper
sur le dos de Minimus.
Elle ne sait pas comment.

«Je vais t'aider», dit James.
«Merci!» dit Sofia.

«En avant, Minimus!» dit Sofia.

Oh, oh !

Sofia glisse de sa selle et tombe.

Elle tombe sur un gros coussin.

Hugo passe en volant sur son cheval. «Le derby n'est pas pour les princesses!» dit-il.

« Je n'abandonnerai pas ! » dit Sofia.

James apprend à Sofia
à tenir les rênes.

Bientôt, Sofia et Minimus s'envolent.
«C'est magique!» dit Sofia.

Ils aperçoivent le clocher.
« Il faut faire sonner la cloche ! »

Minimus a peur.

Il ne peut pas voler si haut !

« Nous pouvons y arriver ! » dit Sofia.

Mais Minimus redescend.

Sofia retourne au palais.
« Le derby volant doit être
un sport de princes… », dit-elle.

La reine Miranda encourage Sofia :
« N'abandonne pas ! Tu peux faire
ce que tu veux, à condition
de ne pas renoncer. »

La course de sélection va commencer.
La trompette retentit.
Le portail s'ouvre.

Les princes décollent.
Sofia les suit.

Sofia et Minimus survolent un arbre.

Sofia et Minimus passent sous un pont.

Les princes n'en croient pas leurs yeux.
Sofia et Minimus les rattrapent!

Minimus prend peur quand
il aperçoit le clocher.

«On peut y arriver!» dit Sofia.

Sofia et Minimus montent, et montent…
et traversent le clocher.

Sofia fait sonner la cloche! Bien joué!

Sofia et James finissent
la course ensemble.
«Sofia et James ont gagné!»
dit l'entraîneur.

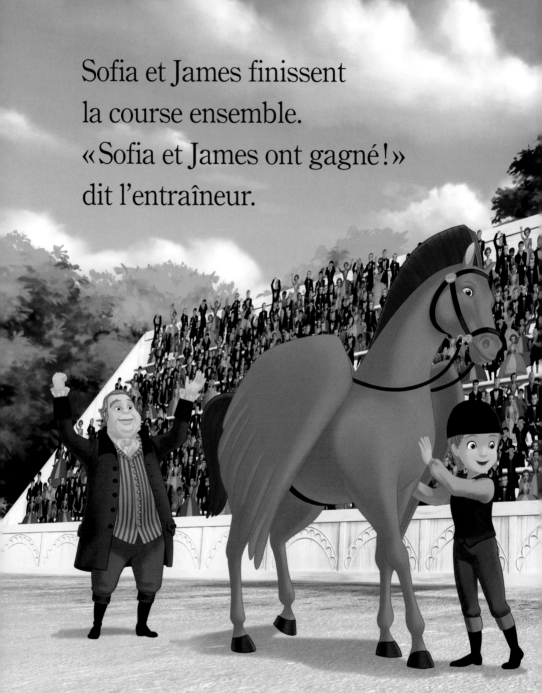

Ils font tous les deux partie
de l'équipe!

Ambre offre son diadème de derby
à Sofia.

Sofia ramène Minimus à l'écurie.
Elle le regarde en souriant.

«Bien joué! lui dit Sofia.
Je savais que nous réussirions!»